Crónicas del

Valentín

Título original: *O amor faz-te mal, Valentim!*

Primera edición: octubre 2010
Segunda edición: noviembre 2010

Texto: Álvaro Magalhães
Ilustraciones: Carlos J. Campos
Edición original: Edições ASA II, S.A., Portugal, 2010

Impreso por Brosmac S. L.
ISBN: 978-84-92691-90-6
Depósito legal: M. 48.622-2010

Crónicas del Vampiro Valentín

Libro 2

¡el amor hace daño, Valentín!

Ilustraciones de Carlos J. Campos

pirueta

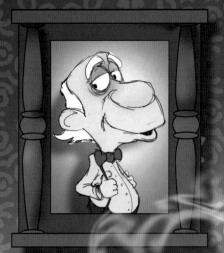

El abuelo

El padre

La madre

Valentín

Dientecilla

Milhombres

SINF
SINF

Madroño

CAPÍTULO I

ÚLTIMA MORADA

Escondidos en el almacén de la iglesia
de Vivalma, entre cajas de velas y algunos
ratones, los Perestrelo esperaron en silencio
a que oscureciera. Cuando anocheció, salieron
de su escondrijo, sigilosamente, y corrieron
hasta la estación, donde cogieron el tren
de las ocho y cuarenta a Oporto.

— **¡UAU!** —dijo Valentín cuando salió el tren.

Oporto era la ciudad donde habían vivido sus vidas anteriores, por así decirlo.

Allí, Valentín podría reencontrarse con Beatriz, su antigua novia.

Cuando el tren entró en el puente sobre el río Duero y aparecieron ante ellos las mil luces de la ciudad, todos se callaron de repente. Cada una de aquellas lucecitas era un momento de sus antiguas vidas.
Por eso, no hubo palabras. Ninguno de ellos quería hablar u oír, sólo sentir, sentir.

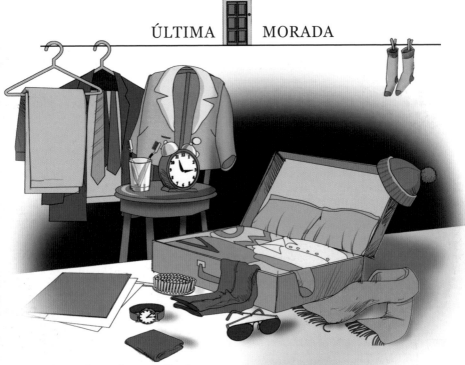

Se instalaron de forma provisional en la casa vacía del hermano del padre, que estaba de viaje.

Se quedaron allí encerrados tres días y tres noches. Fue el tiempo que el padre, el único que salía a la calle, necesitó para alquilar una casa antigua en la zona de la Ribera, cerca del río (y también muy cerca de la casa del hombre que los perseguía, algo que aún no sabía).

Una noche se trasladaron a la nueva casa con gran entusiasmo, que se desvaneció tan pronto como vieron la fachada. Era muy antigua y estaba en mal estado.

—Entonces, ¿nos la quedamos? —preguntó el padre.

—Por mí, sí —dijo Valentín yendo hacia la casa.

Lo siguieron todos. El interior de la casa también estaba deteriorado, pero era mejor que el sótano bajo y estrecho en el que vivían.

—¡Bienn! —gritó Valentín—. Una habitación para mí solo.

—Un despacho —dijo el padre, animado.

—Qué bonita cocina —dijo la madre.

—Y hay un patio. Tendré un huerto. Plantaré flores —dijo el abuelo, también animado.

Por uno u otro motivo, todos se animaron.
Estaban otra vez en casa. Se sentían seguros,
protegidos. Dormían durante el día y, ya de noche,
salían de casa a toda prisa, antes de que las tiendas
cerraran. Iban de compras, paseaban o simplemente
mataban la nostalgia que sentían de la ciudad
y de sus antiguas vidas. A veces, salían también
durante el día, ya que Oporto es una ciudad
perfecta para vampiros, como escribió Valentín
en su libreta azul.

Oporto es una ciudad buena para un vampiro de nuestra clase. Tiene una luz parda y apagada la mayor parte del tiempo y, a veces, también una neblina baja que hace que todo parezca irreal. En días así, podemos salir a la calle libremente, siempre que usemos un buen protector solar

y gafas de sol, claro.

¡Ah! ¡Qué alegría!

Era una nueva vida, o al menos eso parecía, cuando veían las cosas a la luz del día, aunque su día fuera distinto.

Era diciembre, cerca de *Navidad*, y ellos no paraban de recorrer la ciudad. La madre se sentó en una oficina de correos como aquella en la que un día había trabajado y se quedó allí mirando. El padre se acercó al patio de la escuela donde un día había dado clases y se quedó allí durante un rato oyendo el alboroto de los niños que jugaban a la pelota, las risas de las niñas, el timbre de entrada a las clases... Todo eso le conmovió.

Más aún cuando alguien, a lo lejos, habló del profesor Perestrelo, **«ÉSE QUE MURIÓ»**.

El abuelo fue al estadio del Oporto. Le encantaba el fútbol y era socio del equipo. Cuando estaba vivo, claro. Entró sin que nadie lo viera y se sentó en su localidad. El estadio estaba vacío, el campo también, pero él vio pasar ante sus ojos todos los partidos que había visto allí.

Dientecilla, a su vez, también mariposeaba de un lado para otro, contenta, pero, una vez, se encontró en la calle a una amiga, que había crecido mucho, y eso le hizo sentirse mal de nuevo con su vida. Y otra vez llegaron

EL LLANTO, **LA RABIA**

Y LA LISTA DE RECLAMACIONES.

Finalmente, Valentín fue a su antiguo colegio, con la esperanza de ver a su antigua novia. Sin embargo, no la vio. O no la reconoció. Habían pasado dos años, las niñas (como los niños) cambian muy rápido. Desanimado, preguntó por ella a otras niñas y acabó averiguando que se había mudado de casa y de colegio. No sabían dónde vivía, sólo que iba a un colegio en el barrio de Boavista, que él conocía bien.

¡Ah! Valentín se puso tan contento y se animó tanto con aquella información que fue a comprarse ropa nueva. También compró una caja de los bombones preferidos de Beatriz.

Fue para lo que le dieron los ahorros. Sólo pensaba en eso, sólo pensaba en ella y en lo que pasaría cuando se encontrara de nuevo con ella y le dijera:

BEATRIZ, SOY YO.

Al día siguiente, a media mañana, se levantó. Fue a la ventana, miró a la calle y sonrió.

Era una de aquellas mañanas cenicientas
y nubladas en las que podían salir. Los días
así podían vivirlos de principio a fin.

¡Qué alegría!

Iría a buscar a Beatriz. Era el día, era el día.
Eufórico, despertó a toda la familia, mientras
cantaba una canción que sólo él conocía:

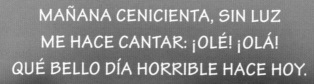

MAÑANA CENICIENTA, SIN LUZ
ME HACE CANTAR: ¡OLÉ! ¡OLÁ!
QUÉ BELLO DÍA HORRIBLE HACE HOY.

REBAÑOS DE NUBES NEGRAS
TAPAN EL CIELO. ¡QUÉ MARAVILLA!
Y HAY NEBLINA BAJA,
QUE PARECE ALGODÓN EN RAMA.
DESPERTAD, PEREZOSOS,
QUE HACE UN BELLO DÍA HORRIBLE.
NO QUIERO A NADIE EN LA CAMA.

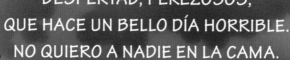

MAÑANA CENICIENTA, SIN LUZ
ME HACE CANTAR: ¡OLÉ! ¡OLÁ!
QUÉ BELLO DÍA HORRIBLE HACE HOY.

¡ES UN DÍA DE ÉSOS!

—gritó Dientecilla saltando de la cama.

¡ES UN DÍA DE ÉSOS!

—gritó el abuelo saltando también de la cama.

¿ES UN DÍA DE ÉSOS?

—preguntó la madre al padre.

—Debe ser —respondió él—. ¿No oyes cantar a Valentín?

19

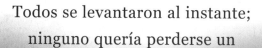

Todos se levantaron al instante;
ninguno quería perderse un

DÍA DE AQUÉLLOS.

El sueño podía esperar en un día así.

Y Valentín agradeció la compañía.

Necesitaba «mirarse» al espejo.

CAPÍTULO II
«ÉSE QUE MURIÓ»

Al cabo de un buen rato, Valentín dudaba aún, rodeado de un mar de pantalones, camisas, camisetas, zapatillas y jerseys. Y, en un instante, se quedó sin «espejos» donde mirarse. Todos tenían prisa. Se morían de ganas por salir. En un día así, ninguno quería quedarse en casa.

La madre y el padre se fueron de compras, con tiempo y calma. Normalmente, cuando salían, las tiendas ya estaban cerradas o casi cerrando. El abuelo llevó a Dientecilla a dar una vuelta por la ciudad. Estaban los dos muy tranquilos, en la parada del autobús, cuando alguien, tras ellos, gritó **muy alto:**

El abuelo y Dientecilla se asustaron, y también se quedaron paralizados, convencidos de que los habían reconocido y los iban a capturar.

¡VAMPIROS!

—repitió el vozarrón, aún más cerca de ellos.

Los dos se volvieron, al instante, y vieron a Adolfo Milhombres, que acababa de salir de una Delegación de Hacienda, seguido por su ayudante.

—gritó
él, mirando
hacia atrás.

Estaba tan agitado, protestando,
e iba con tanta prisa que chocó
con el abuelo.

DISCULPE

¡EH!

Después, Milhombres siguió su camino,
sin dejar de refunfuñar, seguido por Madroño
a poca distancia.

—Los chupasangres de Hacienda se han quedado con más del **50 %** de lo que gano —se quejaba a su ayudante—. Bueno, lo que importa es que estoy a un paso de la

GLORIA

Milhombres dobló una esquina y se encontró con Gloria, la otra Gloria, la vecina, la que quería pintarlo (y Dios sabe qué más).

—¡Qué bien, profesor! —dijo ella sonriendo con los brazos abiertos—. Iba a cruzar y me ha parecido oírlo...

Milhombres se hizo un ovillo.

—No, se equivoca —dijo él conteniendo la

IRRITACIÓN

Gloria se acercó:

—Bueno, profesor. Nos habremos encontrado por algún motivo... ¿No lo cree?

Él la esquivó con habilidad y avanzó, mientras decía:

—No lo creo. Solo sé que tengo mucho que hacer. Hasta luego, encantado de verla.

El abuelo y Dientecilla se subieron al autobús, que iba **ABARROTADO**, como el metro que cogieron luego. No les importaba. Al contrario: era tan bonita la sensación de compartir el día a día con tanta gente, gente, gente.

Pasearon por toda la ciudad y, al final del día, fueron a un centro comercial a las afueras de la ciudad. Tiendas, más gente, subir y bajar escaleras mecánicas. Como antes, como antes.

Pasaron delante de un cartel que anunciaba una película de vampiros y Dientecilla no quiso perdérsela.

—Vale —dijo el abuelo—. Vale.

La película era *Drácula, príncipe de las tinieblas.*

Era una película de miedo. De mucho miedo. Bastaba con ver los dientes de Drácula en el cartel, chorreando sangre.

A mitad de la película, Dientecilla se enfadó y se puso a gritar:

SON TODO CUENTOS. LOS VAMPIROS NO SON ASÍ.

No se callaba. «Los vampiros no son así, los vampiros no son asá.» Un hombre, en la fila de delante, decía «SHHH» todo el rato, mandándola callar. A Dientecilla le hervía la sangre y, de repente, sin saber por qué, se abalanzó sobre el hombre y, zas, le dio un mordisco en el cuello.

El hombre gritó, muy alto:

¡AAAAH!

¡Me ha mordido un vampiro!
¡Ha sido un vampiro, en serio!

La gente se rio con ganas. Cuanto más gemía el hombre, más se reía la gente.

El abuelo aprovechó la confusión y arrastró a Dientecilla fuera de allí.

—¿Dónde vamos, abuelo?

—Nos vamos de aquí. No deberíamos ni haber entrado.

Ya fuera, el abuelo le preguntó:

—¿Qué has hecho, chiquilla?

—Le he mordido y fuerte. Eso es lo que he hecho —respondió ella, poco arrepentida—. ¿Crees que se convertirá en un vampiro?

—Eso sólo pasa en las películas —dijo el abuelo—. ¿No lo has visto? ¿No eras tú quien decía que todo eso era una PATRAÑA?

Caminaron hacia la estación de metro. El abuelo iba refunfuñando y quejándose de su mala suerte.

Eran las cinco de la tarde y, a esa hora, Valentín llegó al colegio donde estudiaba Beatriz. Iba tan distraído que cruzó la calle sin mirar y poco faltó para que lo atropellaran.

Después se quedó delante de la puerta del colegio esperando a que Beatriz saliera.

Pasó Luis, un chico con el que había estudiado. Miró a Valentín dos veces y debió pensar:

«ESA CARA ME SUENA DE ALGUNA PARTE».

Poco después, apareció Beatriz. Venía hablando y riéndose con dos amigas, pero se despidió de ellas al llegar a la puerta del colegio. Miró el reloj y se quedó allí parada, esperando a alguien. Estaba distinta, aún más guapa, y había crecido mucho. Dos años son muchos años a esa edad.

Valentín dudó, por un instante, pero después fue hacia ella. Las piernas le temblaban y el corazón le latía fuerte, muy fuerte, empujándolo hacia delante.

¡Hola, Beatriz! ¡Soy yo! —dijo.

PUM PUM PUM PUM

Había imaginado muchas veces aquella situación, pero nunca se había imaginado la cara de espanto que Beatriz puso.

—¿Quién? —preguntó ella.

Valentín tenía la boca seca.

—Te pareces a alguien que conocí —dijo ella, mirándolo con más atención—. Murió, el pobre. Eso fue lo que le pasó.

Valentín estaba entusiasmado al ver que lo había reconocido.

—¡SOY YO, SOY YO! —exclamó.

Ella dio un pasa atrás, asustada:

—¿QUIÉN? ¿ÉSE QUE MURIÓ? ¿VALENTÍN?

—Sí. Es cierto que morí, pero, sabes, la muerte no siempre es el final.

Ella dio otro paso atrás y después otro y otro más.

—¿Eres Valentín? ¿Ése que murió? —dijo, tartamudeando—. Te pareces.

—El mismo, de los pies a la cabeza —dijo él, sin poder dejar de sonreír.

Sin embargo, en el rostro de Beatriz había sólo una expresión de horror. Todavía dio otro paso más, asustada, y después se puso a gritar.

Su novio, al que esperaba, llegó corriendo. Era un chico enorme y musculoso. Seguramente, era un campeón de baloncesto, rugby, o algo así. Valentín se alejó, destrozado.

—¿Quién era ése? —le preguntó su novio a Beatriz.

—UN FANTASMA —respondió ella, casi desfallecida.

—¿Un fantasma? —repitió él, también muy asustado.

—Sí, es un tipo que murió —dijo ella.
Y añadió—: O eso creo...

Valentín apretó el paso y, sin volverse ni una sola
vez, se mezcló con la multitud. Se sentía perdido,
abatido, solo. Como si lo hubieran matado mil veces.
Peor: sentía que le habían clavado una estaca
de madera en el corazón.

CAPÍTULO III

LOS VAMPIROS NO CUMPLEN AÑOS

Desilusionado, Valentín vagó sin rumbo por las calles de la ciudad. UN FANTASMA, como había dicho Beatriz: eso es lo que era. Y nadie quería encontrarse con un fantasma.

—TIENE RAZÓN MI MADRE CUANDO DICE
QUE ESTA VIDA NO ES PARA VAMPIROS
—murmuró entristecido.

Desanimado, caminó hasta el margen del río
y se sentó allí, envuelto en la neblina. Vio pasar
a un grupo de jóvenes de su edad: muchachas
perfumadas y risueñas, muchachos ruidosos
y traviesos. Todos reían y bromeaban. Estaban
vivos. Eran bellos porque eran jóvenes, el mundo
era suyo, la Tierra entera.

Al final de la tarde, los pasos tristes de Valentín

lo llevaron de vuelta a casa.
Pasó por delante de una academia
de yoga. Iba distraído y chocó
con una muchacha que venía
en sentido contrario.

Se le cayó la caja
de bombones
al suelo.

Ella también
iba a caerse, pero
Valentín la sujetó.
Sintió su piel suave
y también el calor
agradable de la
verdadera vida.

Luego, hubo un silencio: un momento de silencio, que duró y duró. A su alrededor, el mundo suspendió sus trabajos, se apagó. Alguien lo había desenchufado. No existía. Sólo ellos dos y el silencio que los envolvía. Como si no hubiera nada más en el mundo. Y no lo había, no lo había.

Ella cogió la caja de bombones y preguntó

ROMPIENDO EL SILENCIO:

—¿Son para mí?

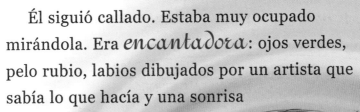

Él siguió callado. Estaba muy ocupado mirándola. Era *encantadora*: ojos verdes, pelo rubio, labios dibujados por un artista que sabía lo que hacía y una sonrisa que no le cabía en la cara, donde le apetecía sumergirse y quedarse para siempre. Noche y día.

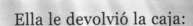

Ella le devolvió la caja:

—Era una broma —dijo—.
Aparta de mí esos bombones.

—Puedes quedártelos... —dijo Valentín—.
No eran para mí.

Ella volvió a sonreír.

—Ni pensarlo —dijo—. No quiero engordar.
Aun así, gracias.

ENCANTADA DE CONOCERTE.

Valentín se ruborizó. La sangre le llenó
las mejillas por primera vez desde que despertara
a su nueva vida.

¿Qué era aquello que comenzaba por un rubor?
¿Una fiebre? ¿Una enfermedad? ¿O era el Amor?

La madre decía que el Amor hacía daño.

Pero él se sentía bien. Y, quizá, también
se sentía mal.

Ella se dispuso a cruzar la calle.

—También me ha encantado conocerte —dijo él—.
Me llamo Valentín.

Ella lo miró más atenta; el silencio, ese silencio,
volvió en aquellos momentos, breves,
en los que ninguno de los dos habló
y el amor encendió su llama.

—SOY DIANA —dijo ella, al fin—.
Ya nos veremos...

—¿DÓNDE? ¿TIENES YOGA MAÑANA?
—preguntó él a gritos.

Ella le gritó desde el otro lado de la calle:

—NO. LA SEMANA QUE VIENE.
A ESTA HORA. ¡ADIÓS!

Entró en la academia de yoga y Valentín entró
en casa. Llevaba en la cabeza su imagen. No se
borraba. Ya en el salón, se dejó caer en el sofá
y suspiró profundamente. Vaya día: Beatriz
no quería verlo y, además, tenía otro novio,
uno que existía de verdad. Pero la sonrisa
de Diana le recordó que había vida
más allá de su antigua novia.

Pasado un rato, a Valentín le extrañó mucho que no hubiera nadie en casa. Llamó:

—¡MAMÁ! ¡PAPÁ! ¡ABUELO! ¡DIENTECILLA!

No hubo respuesta. No estaban. ¿Qué podía haber pasado? Inquieto, recorrió las habitaciones de la casa. Nada. No había nadie en ninguna parte. Volvió al salón, cada vez más preocupado.

¿Habrían huido otra vez, pero sin él, que no estaba en casa? Estaba entregado a los pensamientos más tenebrosos cuando salieron todos al mismo tiempo de la oscuridad.

Su madre llevaba un pastel con dieciséis
velas encendidas y todos cantaban juntos:
«CUMPLEAÑOS FELIZ»...

—¿Cumpleaños? —dijo, espantado.

Había olvidado que era su cumpleaños.
¿Y cumplía años? ¿Otra vez los mismos años?
Aquello no le gustaba.

—¡Vale, vale! Ya basta, por favor —dijo.

Ellos siguieron cantando.

—Ya cumplí 16 años el año pasado y el anterior
y el próximo año los volveré a cumplir —dijo él—.
No hay nada que celebrar.

Los demás siguieron cantando:

**«TE DESEAMOS
TODOS CUMPLEAÑOS
FELIZ».**

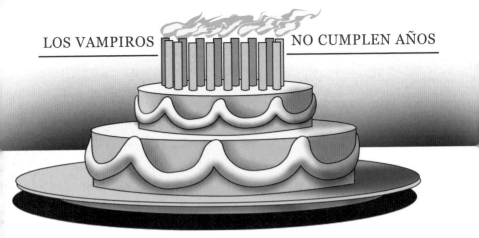

Sopló las velas para acabar con aquello. Después dijo:

—Los vampiros, aunque sean de nuestra clase, no cumplen años. ¿No lo sabéis?

—Siempre cumplen los mismos, pero los cumplen —corrigió su madre.

—Si son los mismos, no se cumplen —insistió él—. Pero no me cuesta nada hacer esto. Ya lo he hecho. Ya está hecho. Por tanto, dejad de hablarme de eso.

—Los regalos son siempre distintos —dijo Dientecilla, intentando animarlo, pero no era fácil.

A menos que...

De repente, el rostro de Valentín se iluminó:

—QUIERO APUNTARME A LA

ACADEMIA
DE YOGA

DE ENFRENTE…

Ése es el regalo que quiero.
Nada más.

—No te puedes apuntar a nada
—dijo su madre—. Oficialmente, estás muerto.

—Quiere decir que no somos nadie —añadió
Dientecilla.

—Ahora repite nuestra regla sagrada —le pidió
su madre a Valentín, acariciándole la cabeza.

—No llamar la atención, pasar desapercibido
—dijo él—. Como si no existiéramos, como
si pidiéramos perdón por seguir aquí.

—Es exactamente, eso, pero sin la parte de pedir perdón —dijo el padre, sin despegar la vista de las cuentas—. Las personas tienen miedo de los vampiros, aunque sean vampiros de nuestra clase. Creen que venimos del Otro Mundo, cuando en realidad nunca llegamos a dejar éste.

Dientecilla se alteró: —La culpa es de las malditas

PELÍCULAS de vampiros

y también de los libros —dijo—.

Las personas piensan que somos

MONSTRUOS CHUPADORES DE SANGRE.

Valentín agachó la cabeza mirando al suelo, sin conformarse.

—Pues, yo soy ese que murió —dijo cabizbajo.

Luego perdió la cabeza y se puso a gritar:

—¡YO QUIERO EXISTIR! ¡QUIERO CRECER! ¡QUIERO ENAMORARME!

YO TAMBIÉN.

—¡CALLAOS LOS DOS! —gritó el padre, mucho más alto—. Me duele la cabeza de intentar cuadrar las cuentas. ¡Y ahora vosotros! ¡Creced y largaos! ¡Si no, callaos!

CAPÍTULO IV

EL COJO QUE NUNCA SE CANSA

Valentín se acercó a la ventana y miró a la calle.

—¿Veis aquel grupo de chicos? —dijo—. Todos van camino del **FUTURO**; yo no voy camino de nada, aunque recorra el mundo entero de punta a punta.

—La culpa es del Tiempo, que no quiere saber nada de nosotros —dijo Dientecilla.

—¡Maldito Tiempo! —gritó Valentín—. ¿Quién te crees que eres?

El abuelo se acercó a la ventana y preguntó, serenamente:

—¿Hacia dónde caminan esos chicos?

—Hacia su futuro —respondió Valentín.

—Es verdad —confirmó el abuelo, mirando por la ventana—. Hasta puede que corran hacia él. ¿Y sabéis que les espera en ese **FUTURO** ?

—LA VIDA
—respondió
Valentín.

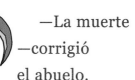

—La muerte
—corrigió
el abuelo.

—Ella nos espera al final del camino y no es lo que
nos mata. Es el Tiempo. Él hace todo el trabajo.
No lo vemos así, pero es él quien empuja a la gente
fuera de esta vida. Cuando nos damos cuenta,
ya nos ha llegado la hora de partir de este mundo.
Y estos chicos aún tienen suerte. Hubo una época
en la que el Tiempo corría tan deprisa que alcanzaba
a las personas en un instante.
No las dejaba vivir.

Por eso,
Dios le cortó
una pierna al Tiempo
para que no alcanzara
a la gente tan deprisa.

«El Tiempo corre», «El Tiempo vuela»,

dicen algunos. ¡Vaya idea!
Tenéis que saber que
en realidad el Tiempo cojea.

El abuelo estaba
inspirado de nuevo.
¿Qué le habría dado?

—¿COJEA? ¿EL TIEMPO COJEA? —preguntó Dientecilla, muy interesada.

Aquello parecía una historia y a ella le encantaban las historias.

—Así es —confirmó el abuelo—. Aun así, el Tiempo siempre coge a algunos desprevenidos. Y a otros, los alcanza más tarde o más temprano: cuando envejecen y no consiguen huir.

Entonces se acaba el baile. Porque el Tiempo cojea, pero es joven y fuerte siempre; el Tiempo nunca se cansa.

Dientecilla se echó a reír.

—De nosotros no quiere saber nada, ese cojo que nunca se cansa. Si tanto corre, ¿por qué no nos persigue a nosotros? Aunque nos alcanzara...

—Pero ¿no lo ves? —gritó el abuelo—. **ESO ES UNA VENTAJA.**

SI NO NOS PERSIGUE EL TIEMPO

TAMPOCO NOS ALCANZA LA MUERTE.

Por lo menos, no tan pronto como a los demás. ¿Puede haber algo mejor?

Dientecilla negó con la cabeza.

—Aun así, preferiría crecer, vivir lo que tuviera que vivir y, cuando el Tiempo me alcanzara, morir.

—Claro, Dientecilla... —protestó el abuelo—.
Dices eso, porque tienes seis años. Bueno, ocho.
Si tuvieras casi ochenta como yo...

Valentín se acercó a la ventana. No le interesaba
la conversación.

—¿Y tú qué piensas, Valentín? —quiso saber
el abuelo.

—¡Eso me gustaría saber! —respondió abriendo
la ventana con la esperanza de ver salir a la chica.

En aquel momento, no le interesaba nada más.
No podía dejar de pensar en ella.

Cerraba los ojos y la veía sonriendo.

Era un pensamiento tan poderoso que expulsó los demás pensamientos de su cabeza y la ocupó entera. No era un Gran Pensamiento, sino un Pensamiento Enorme. Y lo que es peor, también era un *Sentimiento Enorme.*

La madre se acercó a él y lo abrazó por detrás:

—¡No estés así, Valentín! Me parte el corazón. Novias, amores... Sé que estás en la época, pero olvídalo, ¿vale?

—¿Por qué, mamá?

Ella suspiró y después dijo:

—Porque sí. El amor
hace daño, Valentín.
Ahora somos diferentes
a los demás.

Era eso. Las madres
siempre tienen razón. Al fin y al cabo,
el problema con Beatriz se repetía con Diana:
él era un vampiro y ni siquiera del todo y ella no.
¡Ah! El Amor, ¿por qué volvía a molestarlo el Amor?
No llamaba a la puerta. Entraba como si fuera
su casa. ¡El Amor! Pronto sabría, pronto sabría
qué le hacía el Amor.

Fuera, en la calle, un coche se paró delante
de la puerta de la academia de yoga y Diana
se subió en él. Valentín la vio de refilón, pero
la continuó viendo todo el día y, también después,
al cerrar los ojos para dormir.

La veía en sus pensamientos. Sonriendo. Era
el Gran Pensamiento: no podía dejar de pensar.
Era el Gran Sentimiento: no podía dejar de sentir.
Dentro de él, había una tempestad que no amainaba:
lluvia, sol, relámpagos, truenos.

Como no se dormía,
fue a la cocina a beber
agua y a comer algo.
Todos los demás dormían,
y de noche, como las personas
normales. Pasó por el cuarto de sus padres
y no oyó nada, pasó por el del abuelo y lo oyó roncar.
Cuando pasó por la puerta del cuarto de Dientecilla
la oyó llamarlo.

¡VALENTÍN!

Era un grito de angustia,
como si la estuvieran
atacando. Valentín
entró y la encontró
sentada en la cama,
muy asustada.

—He vuelto a soñar con el cazador de vampiros. Me clavaba una estaca de madera en el corazón —dijo ella cuando vio llegar a su hermano.

En silencio miró a su alrededor con desconfianza.

—¿No estará aún por ahí? —preguntó.

El hermano se sentó en el borde de la cama y la abrazó:

—Es sólo un sueño —dijo—. Duerme que aún es temprano.

—No —respondió Dientecilla de inmediato—. El cazador me espera en mis sueños. Si no está aquí, es porque está en mis sueños.

Valentín suspiró, armándose de paciencia.

—A ver Dientecilla... Eso sólo pasa en las PELÍCULAS —dijo.

Sin embargo, ella respondió:

—Y en los Sueños, Valentín. En los Sueños también pasa.

Vencida por el sueño, Dientecilla acabó por dormirse. Todos dormían cuando, a media mañana, sonó el timbre de la puerta.

RIIIING RIIIING

¿Quién sería? No los conocía nadie. Nadie podía estar llamando a la puerta o tocando el timbre, porque nadie sabía que vivían allí. Pero el timbre volvió a sonar.

Ya me gustaría que el tiempo retrocediera, en lugar de estar parado. ¡Yo quiero decrecer! Ser joven otra vez, guapo, tener una dentadura perfecta y mucho pelo, hacer telenovelas, cine, jugar al fútbol, casarme con una súpermodelo...

—gritó el padre mirando por la ventana—. Se ha parado un coche en la puerta de casa. Viene gente hacia aquí.

—¿A estas horas? ¿Quién puede ser? —dijo la madre, inquieta.

Las personas tienen miedo de los vampiros, pero los vampiros tienen miedo de las personas. Dos hombres salieron del coche. Conocían a uno de ellos.

—Mirad quién es: es el tío Basilio —dijo Valentín, mirando por una rendija del postigo.

—¿Quién es el otro? —preguntó el padre.

Nadie conocía al hombre mayor y elegante, de impecable traje azul, que caminaba junto al tío Basilio.

—No lo he visto en mi vida —dijo el abuelo—.
Debe ser alguien que quiere comprar la casa.
No olvidéis que está en venta.

En realidad, podía ser. Pero entonces...

Miraron todos al mismo tiempo, agolpándose
alrededor de la ventana. No podían oír qué decían
los hombres, pero señalaban la casa de vez en
cuando. Era casi seguro que hablaban de ella.

—Estamos perdidos —dijo la madre pasándose
la mano por el pelo—. Si venden la casa, ¿adónde
iremos?

CAPÍTULO V

EL TÍO BASILIO
Y OTROS PROBLEMAS

El tío Basilio echó un vistazo al letrero de
«Se vende» que había en el jardín de la entrada.
Después, fue hasta la puerta y la abrió con su llave.

—Ya han entrado —dijo Valentín al oír crujir las escaleras—. Están en el comedor.

La madre dijo:

—QUIEN FUERA MOSCA PARA OÍR QUÉ ESTÁN DICIENDO.

Había una manera de oírlo todo, incluso de verlo. En la fotografía de familia del salón, Dientecilla había hecho dos agujeros en su retrato con un berbiquí. Bastaba con subirse a una silla en la sala de al lado y observar.

Valentín fue el primero en llegar y ocupó el lugar. Vio que el tío Basilio se sentó y puso unos papeles sobre la mesa, levantando una nube de polvo.

El hombre de traje azul
miraba el retrato de los
Perestrelo con desconfianza.
La casa tenía mala fama
y él oía pasos, susurros...

—Parece que nos estén mirando y que
no les guste lo que estamos haciendo... —dijo él.

—Por favor, no tenga en cuenta el desorden —dijo
el tío Basilio, un Perestrelo desnaturalizado que sólo
pensaba en el **DINERO** .

El hombre del traje azul se acababa de sentar cuando oyó claramente una voz que decía: «SAL DE MI SITIO». Se levantó inmediatamente.

—¿Ha oído eso? —preguntó, cada vez más asustado—. Alguien ha dicho: «Sal de mi sitio». ¿Era éste el sitio de alguien que murió?

—No, era mi sitio. Siéntese y mire el contrato. Todo está en orden.

El tío Basilio puso las hojas de papel delante del hombre de traje azul, que no paraba de mirar a su alrededor, sobresaltado.

—No consigo concentrarme, con esa gente mirándome... —dijo él.

El tío Basilio soltó una carcajada.

—Vamos, no me diga que también cree en fantasmas —dijo—. Oiga, si ve alguno, pregúntele por las **JOYAS** y el **DINERO** de la familia. Desapareció todo.

En la sala de al lado, Dientecilla no pudo contenerse y gritó:

¡ES LO ÚNICO QUE QUERÍAS!

—Ahora lo he oído... —dijo el tío Basilio, mirando a todos lados, ahora también con desconfianza.

El hombre de traje azul se sobresaltó.

—¿Lo ve? Esa gente de la fotografía habla y parece que nos esté mirando.

Dientecilla apartó a su hermano de su lugar en el retrato. Valentín se resistió. La pared tembló y el cuadro de la sala cayó con estruendo, dejando a la vista los dos agujeros en la pared.

—He oído decir que las paredes tenían oídos, pero éstas también tienen **OJOS** —dijo el tío Basilio, espantado.

—¡Vámonos! —decidió el hombre de traje azul corriendo hacia la puerta.

—El contrato... —dijo el tío Basilio, corriendo tras él.

—Deje eso ahora. Da igual, mañana por la mañana vienen los hombres. No podemos perder tiempo.

En la salita de al lado, Dientecilla se bajó
de la silla en la que se había subido para espiar.

—¿Y? —preguntó Valentín.

—Se han marchado. Pero el otro tipo ha dicho:
«Mañana vienen los hombres». ¿Qué hombres?
¿Y a qué vienen aquí?

—No sé. Pero algo malo va a pasar.

Aparecieron el padre, la madre y el abuelo.

—¿Y bien?

—Creo que van a vender la casa —explicó
Valentín.

¡Chhhh!
Ni nuestra casa es nuestra

—se lamentó el abuelo.

—¿Y ahora? ¿Dónde vamos a vivir? —quiso saber Dientecilla.

La madre la abrazó.
El padre también.

—No os preocupéis. Encontraremos una solución —dijo él.

El día se había fastidiado. Era un mal día. Para colmo, entró por la ventana un fuerte olor a ajo.

—Ah, *bacalao con patatas cocidas y mucho ajo* —dijo el abuelo—. ¡Qué recuerdos!

—¡Puaj! ¡Qué náuseas! —dijo Dientecilla, gesticulando.

La madre cerró la ventana, molesta.

—¿De dónde vendrá este olor? —preguntó.

El olor venía de una furgoneta negra que acababa de entrar en Vivalma. Dentro, viajaban Milhombres y su ayudante, Madroño, que no se cansaba de masticar cabezas de ajo.

—¡Vamos, hombre! Déjelo ya —le pidió Milhombres—. No puedo con este olor.

Madroño conducía. Paró el coche en la puerta del cementerio que, a aquella hora, ya estaba cerrado. Adolfo Milhombres salió a estirar las piernas. Era una noche despejada, sin nubes, de luna llena. Levantó los brazos al aire y exclamó:

—¡Ah, que noche tan bonita para cazar!

ÉSTA ES LA NOCHE DE MI GLORIA.

Acto seguido, se tapó la boca con la mano, no fuera a oírlo Gloria otra vez, la otra. Además, no se movió, no fuera a haber por allí algún agujero.

Sin embargo, no pasó nada. No había agujeros por allí cerca, ni apareció Gloria, que lo perseguía, de noche y de día.

Por eso, respiró hondo y saltó el muro del cementerio, después de apoyarse en los hombros de su ayudante.

—Y ahora, ¿quién me ayuda a mí? —preguntó Madroño, mirando hacia arriba.

—Ayúdese usted mismo, hombre. ¿O también tiene un ayudante?

Ya dentro del cementerio,
Milhombres se escondió
tras un arbusto cuando
vio pasar al sepulturero,
que iba camino de casa con
un ramo de dalias en la mano.

—Son del funeral de la tarde —dijo al darle
el ramo a su mujer, que estaba barriendo la entrada.

Ella le dio las gracias, emocionada. El sepulturero
le traía un ramo cada noche, y todas las noches
ella se emocionaba.

Mientras, Madroño también llegó a lo alto
del muro, después de un gran esfuerzo.

—Muévase, hombre
—murmuró Milhombres—.
¡Es más lento que
una tortuga!

—¿Quién lo ha mandado? —preguntó la madre.

—No lo sé —respondió el abuelo—. No pone
el remitente. He intentado averiguarlo,
pero no ha habido manera.

Se reunieron en el salón, alrededor
de la pequeña caja de cartón.

—Ábrela, abuelo —le pidió Valentín.

—¡Date prisa! —le pidió Dientecilla.

No podían esperar. Quizá era un regalo,
ALGO BUENO, aunque también
podía ser **ALGO MALO**; incluso podía
ser algo sin importancia.

El abuelo
abrió el paquete
e inclinó la caja.

—Hay algo
dentro —dijo.

«Algo.»
Es lo que se
dice cuando
no sabemos
de qué se trata.

Hasta que
el abuelo abrió
la caja de cartón
y todos vieron que, dentro de ella,
había una caja de música muy antigua.
De hecho, todas las cajas de música
son ya algo antiguo, una cosa de antes.

Le dieron cuerda y sonó una canción,
cantada por una voz *femenina*, muy suave:

Mundo de Allá, Mundo de Allá.
Hay otro mundo, desde luego que sí.
Os lo digo yo, que lo vi.
Lo llaman Mundo de Allá,
Pero está aquí.

Es un mundo de gente como nosotros,
Cuya vida nunca acaba,
Gente que se cree muerta y enterrada
Y que todavía vive.

Mundo de Allá, Mundo de Allá,
Un mundo de gente viva
Que dicen que está muerta.
Para llegar al Mundo de Allá,
Basta con abrir una puerta.

Pero si no quiero ir
O prefiero el mundo de aquí,
¿Acaso eso no es baladí?

Una caja de música. Una canción. El Mundo de Allá. ¡Qué gran novedad y qué bello misterio!

—¿Vamos a escucharla de nuevo? —dijo el abuelo, dando cuerda a la cajita.

La melodía era encantadora. Parecía un mensaje, un aviso, una información. Cantados. Mejor dicho, era la respuesta a la pregunta que el abuelo se había hecho tantas veces:

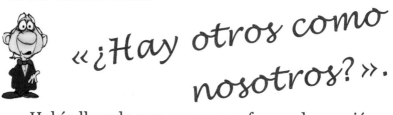

«¿Hay otros como nosotros?».

Había llegado por correo, en forma de canción. Pero ¿quién le habría enviado la respuesta y aquella esperanza de otra vida en otro mundo? Un escalofrío les hizo temblar. Y, después, se hizo aquel silencio de la primera vez, cuando supieron que habían atravesado la **MUERTE** sin morir.

Otros como nosotros.

—Un mundo
sólo de gente como
nosotros —murmuró
el abuelo, por fin,
rompiendo
el silencio.

Sí, era sólo una canción, pero traía la promesa
de un mundo nuevo y de una nueva vida,
entre otros como ellos, donde no tendrían
que esconderse, un mundo con todo
lo que hay en este mundo:

Casas, calles, escuelas,
delegaciones de hacienda,
coches, gatos, estaciones de tren,
gallinas, Internet, hospitales,
chicles, rosas, viento del norte,
partidos de fútbol, iglesias,
desfiles de moda, playas,
concursos de televisión,
restaurantes, desiertos,
farmacias, cerezas...

¡Uf, hay tantas cosas en el mundo!

—¿Habrá niños de mi edad, pero con más edad? —preguntó Dientecilla, con aire soñador.

Escucharon la canción de nuevo, en silencio total.

Mundo de Allá, Mundo de Allá.
Hay otro mundo, desde luego que sí.
Os lo digo yo, que lo vi.
Lo llaman Mundo de Allá,
Pero está aquí.

¿AQUÍ DÓNDE?

—interrumpió Dientecilla.

—¡CALLA! ¡DÉJANOS ESCUCHAR!
—se quejaron los demás.

Era una melodía extraña. Entraba y se quedaba dentro de ellos, sonando, mucho después de cerrar la caja. Mejor dicho: los hacía sonar, como si fueran campanas; y también encendía luces en salas oscuras, y abría puertas y ventanas muy cerradas. ¡Ah, aquella música les hacía soñar!

Ese día, se durmieron con una sonrisa
que nada podía borrar. Y soñaron, soñaron
con el Mundo de Allá.

A mediodía, el abuelo, tal vez ya cansado
de soñar, fue el primero
en despertarse. Era la
hora del estómago inquieto,
que daba siempre la
señal. Se levantó y fue
a la cocina a buscar
algo de comer.

Un chorizo, claro,
¿qué otra cosa
iba a ser?

Y estaba tan descansado, tan bien soñado, tan ¡Ole, ole!, como él decía, y también tan hambriento, que pensó que era mejor comérselo asado.

Mientras el chorizo se asaba al fuego, se sentó en una silla y, en un instante, estaba soñando de nuevo: un sueño en el que también se comía un hermoso chorizo asado, pero en el mejor restaurante del Mundo de Allá.

Trozos de ése y otros sueños de la casa llenaban el aire. Eran tantos que algunos salían por las rendijas de las ventanas e iban a parar a los hombros de las personas que pasaban por la calle.

Y quien bajaba por la calle en aquel momento era Adolfo Milhombres, camino de casa, seguido por su ayudante.

—¿No hay otros vampiros que cazar? —preguntó Madroño—. Son siempre los mismos...

—No que yo sepa —respondió Milhombres.

—Pero perseguir a estos Perestrelo es mi destino. ¿Sabía usted que mi padre ya persiguió a uno de sus antepasados, que también era vampiro?

—Sí, sí, ya me lo contó... —respondió Madroño, poco interesado.

—Una vez lo acompañé para ayudarlo —continuó Milhombres—. Salimos de casa de madrugada...

—Creo que ya me ha contado esa historia —lo interrumpió Madroño.

—¡PUES SE LA CUENTO OTRA VEZ,
HOMBRE! —gritó Milhombres fuera de sí.
Luego añadió—: A ver, volviendo al principio:
salimos de madrugada, yo mi padre, y... ¡Alto!

Milhombres se detuvo. Más adelante, Madroño
también se detuvo y volvió sobre sus pasos.
Estaban debajo de la ventana de la cocina
de la casa de los Perestrelo.

—¿No huele usted a chorizo asado? —preguntó
Milhombres, con la nariz clavada en el aire.

Madroño aspiró el aire, con fuerza, por la nariz.

—¿CON AJO O SIN AJO? —preguntó.

—SIN AJO, CREO —respondió Milhombres.

—NO, NO HUELO A CHORIZO SIN AJO

—concluyó Madroño.

—¿Y CON AJO? —quiso saber Milhombres.

—TAMPOCO.

El profesor agachó la cabeza y refunfuñó:

—Puede que sea que estoy muy cansado...

Volvieron a andar los dos. Milhombres miraba hacia atrás de vez en cuando, desconfiado.

CAPÍTULO VII
LÍOS EN EL MUNDO DE AQUÍ

La noche siguiente a la llegada de la caja de música misteriosa, todos los Perestrelo se levantaron con una SONRISA EXTRAÑA. Aún tenían recuerdos de los sueños del día anterior, aún oían la música de la caja y todos canturreaban bajito:

Mundo de Allá, Mundo de Allá.
Hay otro mundo, desde luego que sí.

El abuelo, que fue el primero en levantarse, ya estaba listo para salir, muy peripuesto. Iba a asistir a la conferencia **¡LOS VAMPIROS EXISTEN!** y no quería llegar tarde.

—Si hay otros como nosotros, tenemos que enterarnos —dijo él—. Puede ser una pista sobre el Mundo de Allá.

—Ay, allí sí que debe de haber niños como Dios manda.

—Puede ser peligroso. Es una charla pública —observó la madre.

—Es peligroso, sí —confirmó Dientecilla—. Aquel gordo del cartel es el que me persigue en sueños.

—A ver, a ver, si ni siquiera nos conoce —dijo el abuelo bajando las escaleras.

Y así iba, canturreando y alegre:

Mundo de Allá,
Mundo de Allá.
Hay otro mundo,
desde luego que sí.

Cuando el abuelo llegó al Palacio de la Bolsa, la conferencia ya había empezado. La sala estaba casi llena y se sentó al fondo, donde había algunas sillas vacías. En la mesa principal, Milhombres hablaba con su vozarrón.

Decía:

LOS ATAÚDES ESTABAN VACÍOS EN EL PANTEÓN, COMO PUEDEN VER EN LA FOTOGRAFÍA. LOS CINCO, LO QUE SIGNIFICA QUE HAY UNA FAMILIA ENTERA DE VAMPIROS: ABUELO, PADRE, MADRE Y SUS DOS HIJOS. TODOS MURIERON AL MISMO TIEMPO EN UN ACCIDENTE DE TRÁFICO.

«ESOS SOMOS NOSOTROS», pensó el abuelo. «¿O SERÁN OTROS COMO NOSOTROS?», se preguntó.

Y no son los primeros de la familia —continuó
Milhombres—. Mi padre, uno de los fundadores
de esta Sociedad, persiguió por todas partes
a un Perestrelo que era vampiro, en los años
sesenta. Éstos son sus descendientes:
lo llevan en la sangre. Aquí los pueden ver,
poco antes del accidente...

En la gran pantalla,
al lado de la mesa, apareció
la fotografía de los cinco
Perestrelo, la misma
que salió en el periódico
el día después del accidente.

El abuelo se quedó aún más **HELADO**
y se encogió en la silla. ¿Quién lo iba a decir?
Al final, ellos eran los vampiros que existían.
Eso ya lo sabía.

Un hombre, que acababa de entrar, se sentó
en la silla de al lado y preguntó:

—¿Hace mucho que ha empezado?
¿Han enseñado ya a los vampiros?

—Son ésos... —respondió el abuelo.

—¡Ah! Parecen personas como nosotros... —comentó el hombre, que añadió luego—:

OIGA, HAY UNO QUE SE PARECE A USTED.

—Tengo que marcharme —dijo el abuelo.

Antes de que alguien más lo reconociera, ya estaba saliendo. Sin embargo, con las prisas tropezó con un cable y cayó al suelo. Milhombres dejó de hablar y todos los asistentes miraron al abuelo, que se levantó pidiendo disculpas.

Después, se tapó la cara con las manos y se dirigió a la salida mirando al suelo. Por eso, chocó con Madroño, que estaba por allí intentando fotografiar todo lo que se movía (y lo que no se movía también).

—Disculpe —dijo el abuelo.

Madroño lo miró asustado. Había visto esa cara en otra parte. Era una de las caras de la pantalla, la tenía delante. Puede que fuera... El vampiro más viejo, el vejete, como lo llamaban. ¿Lo estaban buscando y resulta que estaba allí?

El abuelo salió a toda prisa. Madroño lo siguió hasta la calle.

Cuando iba a alcanzarlo, tropezó con alguien
y cayó al suelo. Fue un hombre de mediana edad
que pasaba por allí, con mucha prisa, casi corriendo.

—Disculpe —dijo el señor—. Ha sido sin querer.

El abuelo aprovechó para escapar.

Se mezcló con un grupo de gente que bajaba
por la calle y huyó. Desapareció por completo.

Madroño, apesadumbrado, regresó a la sala,
donde Milhombres se enfrentaba ya a sus
adversarios más feroces.

—preguntó un hombre que estaba en primera fila.

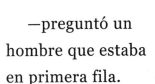

¿Y LAS PRUEBAS?

ESO, ¿DÓNDE ESTÁN LAS PRUEBAS CIENTÍFICAS? TODO LO QUE HEMOS ESCUCHADO HASTA AHORA SON SÓLO CUENTOS INFANTILES...

Los investigadores de asuntos paranormales alimentaban grandes rivalidades. En realidad, se comportaban como si estuvieran en una carrera: todos querían llegar el primero.

SUS ATAÚDES, EN EL CEMENTERIO DE VIVALMA, ESTÁN VACÍOS. ¿NO HAN VISTO LAS FOTOGRAFÍAS?

BUENO, ESO ES UNA PRUEBA INVISIBLE. DENOS ALGO QUE SE VEA

—gritó alguien, en medio de la sala.

—Y luego está el chorizo, el trozo de chorizo... —dijo Milhombres mostrando el resto del chorizo que había traído de Vivalma, que ya estaba en muy mal estado.

¿ESO ES UNA PRUEBA? ¿UN TROZO DE CHORIZO?

—dijo el hombre de la primera fila, que se echó a reír a carcajadas.

SON CHORIZOS SIN AJO. CHORIZOS CASEROS, HECHOS POR UNA MADRE PARA ALIMENTAR A SU FAMILIA DE VAMPIROS.

¡TÚ SÍ QUE ERES UN CHORIZO!

—dijo alguien, no se supo quién, lo que desató la risa en toda la sala.

¡JA! ¡JA! ¡JA! ¡JA! ¡JA! ¡JA! ¡JA! ¡JA! ¡JA!

También hubo quien lanzó cosas al escenario, mientras protestaba: un mechero, un paquete de tabaco, un periódico, un plátano, un libro, un cortauñas, un paraguas y hasta una caja de cartón vacía.

El presidente de la Sociedad, que se encargaba de la organización, subió al escenario y pidió calma.

Después, dio por cerrada la sesión.

—**¡AÚN NO HE ACABADO!** —se quejó Milhombres.

—**PERO NUESTRA PACIENCIA SE HA ACABADO** —dijo el presidente, que dejó la sala con otras personas.

Milhombres y Madroño se quedaron solos.

El profesor contempló la sala vacía y se llevó las manos a la cabeza, decepcionado.

LA GLORIA

había pasado otra vez de largo. La Gloria. Sólo fue un pensamiento y breve, pero fue suficiente. Al momento, entró en la sala la otra Gloria, jadeante.

—¿TODAVÍA NO HA EMPEZADO LA CONFERENCIA? —preguntó.

Milhombres recogió los papeles y los metió en su cartera. A su vez, Madroño salió de la sala, para no molestar (y poder reírse a gusto).

—¿ESTAMOS SOLOS, PROFESOR? —preguntó Gloria.

Y, arrebatada, añadió—: *¡Qué romántico!*

Milhombres aprovechó que Gloria estaba distraída para escabullirse. Madroño lo seguía a cierta distancia, como siempre que el profesor estaba **FURIOSO**. En esos casos, era peligroso. Sólo pasado un buen rato tuvo el valor de acercarse.

—Profesor... Escuche. Es importante —dijo temeroso.

—Cállese, incompetente. Ha tenido a uno de ellos al alcance de la mano y lo ha dejado escapar.

¡INEPTO!

¡INÚTIL!

—Lo agarré, pero alguien me dio un empujón —dijo Madroño—. Pero mire, profesor, cuando el vejete cayó, se le cayeron algunas cosas de los bolsillos y, con las prisas, no las recogió.

Milhombres se paró y miró a su ayudante.

—Son éstas —dijo Madroño, sacando las cosas del bolsillo—: un recibo de compra de la tienda «LA PERLA DE LA PLATA», un billete de metro, una pastilla para la tos y algunas monedas...

—Deme eso —dijo Milhombres arrancándole los objetos de la mano a su ayudante.

Después pensó:

—QUE VAN EN METRO, YA LO SABÍAMOS. LES GUSTAN LAS PROFUNDIDADES, LA OSCURIDAD. Y EN «LA PERLA DE LA PLATA» DEBEN COMPRAR LOS INGREDIENTES PARA LOS CHORIZOS. INTERESANTE. MAÑANA POR LA MAÑANA, MONTAREMOS UNA OPERACIÓN DE VIGILANCIA EN LA TIENDA.

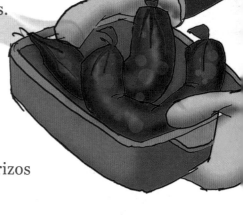

Si el vejete ha ido alguna vez, volverá.
Los vampiros son como los perros
que hacen pipí en los postes.
Siempre vuelven
a los mismos sitios.

Pasaron por la casa
de los Perestrelo, donde
la madre acababa de abrir
el horno para ver si los chorizos
para el almuerzo nocturno
ya estaban listos.

Un aroma delicioso salió del horno y llenó
la cocina y, en parte, escapó por la ventana abierta.

 —gritó
Milhombres,
parándose
en la calle—.
¿No huele otra
vez a chorizo?

Madroño clavó
la nariz en el aire.

—¿Cocido o asado? —preguntó.

—Asado, CREO —respondió Milhombres.

—No, no huelo a chorizo asado —respondió al fin.

—¿Y cocido? —quiso saber Milhombres.

—Tampoco.

El viejo cazador movió la cabeza poco convencido
y avanzó, observando las pistas que llevaba en
la mano. Antes, sin embargo, miró una vez más
a su alrededor y dijo:

—Pueden estar en cualquier parte, puede que
incluso estén aquí. Y no sé por qué, pero me huelo
que quizá los tenemos delante de nuestras narices....